AF282888

EL HOMBRE INVISIBLE
y otros minirelatos urbanos

Víctor Pérez Pérez

ÍNDICE

VOLUNTARIADO DE APOYO

Como todas las mañanas, a eso de las 9, Carmen se pasó por Gertrudis.

—¿Qué? ¿Ya estás lista?

— Sí, ya salgo.

—Y abrígate que hace mucho frío, que a nuestra edad ya no podemos descuidarnos.

Por el camino se encontraron con Rafaela.

Cuando llegaron, Rosa ya estaba allí.

—Huy, ¡qué calentito! ¡Qué bien se está aquí hoy! —comentó Carmen al entrar.

—¡Ay, hijas, pensé que ya no vendríais! —saludó Rosa.

—¡Qué cosas tienes, Rosa! ¡Cómo no vamos a venir! ¡Aquí venimos hasta estando enfermas! —contestó Gertrudis, provocando la risa de todas.

—Poca gente aún, ¿verdad, Rosa? —preguntó Carmen.

—Pues solo una chica embarazada de seis meses, con algunas molestias. Apenas si he podido hablar con ella. Como no había nadie, ha entrado de inmediato. Antes salió el hijo del frutero, con gripe.

—Esperemos que no sea tan aburrido como ayer y que llegue más gente.

—Bueno, al menos estaremos calentitas. Y sin pagar un duro.

La puerta en la que un rótulo rezaba "SECRETARIA", se abrió y la titular asomó la cabeza.

—Ah, hola. Ninguna de ustedes viene para el Doctor, ¿verdad?

—Dios nos libre, hija. Ya sabes que estamos aquí en acto de servicio —contestó Rafaela muy seria.

—Apoyo emocional al paciente, que se podría decir —añadió Rosa con amplia sonrisa, apartando un momento la vista del ganchillo que tenía entre manos.

—¡Eso! —dijo Carmen— Algo así como una ONG de barrio, pero sin cuotas.

VINTAGE 2.0

— Toma, cariño, tu regalo por tu 12 cumpleaños.
— ¡Ay, gracias, abuela! ¡Qué emoción! ¿Qué será, qué será? ¡Anda! ¿Y esto qué es, abuela?
— Es un álbum con fotos de tus primeros doce años.
— ¡Qué curioso! ¡Fotos sobre papel! ¡Qué maravilla! ¡Hay que ver lo que consiguen hacer hoy día! Qué puesta estás, ¿eh, abuela? ¡Mis amigas van a flipar!
— Pues sí. Y si las cuidas, esas fotos nunca se borran ni se pierden. ¿Pero qué haces, hija? ¡No les pases los dedos por encima!
— Es que estoy intentando aumentar el tamaño, pero se ve que algo va mal...

EXAMEN DE ECONOMÍA

— Veamos, he repasado los apuntes de macro y microeconomía, tengo los datos de Wall Street y del Dow Jones, me faltan los del Nikkei y los del IBEX 35. Ya solo necesito buscar información sobre economía sostenible, economía social, proteccionismo, librecambismo y los nuevos aranceles. Aquí tengo privatizaciones, inversión extranjera, desempleo, distribución geosocial. Bueno, parece que está completo. ¡Ah, me falta el Brent! — ¡Cariño! ¿Has visto mis apuntes sobre el barril de Brent de esta semana?
— No. ¿Cuándo te toca?
— Mañana sábado, a las diez. Y ando muy justito.
— Yo creo que deberías buscarte otro peluquero. Uno que hable de fútbol, como todo el mundo, y no de economía.

ON / OFF

Agazapada en un hueco que descubrió en la inmensa cocina, esperó a que se hiciera de noche y, más tarde, a que las luces se apagaran. El hambre y el miedo la atenazaban, pero, paciente, aguantó en su solitario escondite. Finalmente, cuando ya no quedó ninguna luz encendida y que estuvo segura de que todos los moradores de la casa estaban dormidos, nerviosa, salió de su escondrijo a buscar algo de comida.

De lejos, vio un trozo de pan sobre la encimera y, en el momento en que se abalanzaba hacia él, la luz volvió a encenderse. Se quedó paralizada. De repente, oyó un chasquido y la luz se volvió a apagar.

—¡¡Qué asco, por favor!! ¡¡Mamáááá!! ¡Acabo de aplastar otra cucaracha en la cocina!

EL GANCHO

El único vigilante del supermercado lo tenía todo controlado. El hombre, plantado en la entrada, vio cómo detrás de dos amas de casa entró un señor de unos cincuenta años, elegante, cubierto con un amplio abrigo oscuro. El guarda le saludó con una amplia sonrisa de bienvenida.

Detrás del señor entró un joven, media camisa fuera, cabeza gacha y mirada furtiva. De inmediato, al vigilante se le dispararon las alarmas y, sin perderlo de vista, le siguió a distancia para, más tarde, casi pegarse ya a él durante el buen rato que estuvo en el súper. Con seis años de servicio, el hombre podía oler a los rateros a la legua.

El chico dio una vuelta por el supermercado hasta detenerse en la sección de ferretería. Allí, miró y toqueteó casi todo: herramientas, grifos, bombillas... El nivel de alerta del vigilante estaba al rojo vivo. Finalmente, de forma casi ostensible, el joven cogió un blíster con un gancho de plástico con base autoadhesiva, de esos que se usan para colgar trapos en la cocina. (—¡Un gancho!). Se sorprendió para sus adentros el diligente vigilante. (—¿Para qué querrá este mequetrefe un gancho?), pensó.

Tras dar un par de vueltas más por el súper, el joven se dirigió a las cajas para pagar su compra. El vigilante, sin quitarle los ojos de encima, se plantó delante de la puerta de salida en actitud firme hasta que el joven salió. Había conseguido impedir un robo seguro. (—¡Ja! ¡A mí!), pensó.

Ya en el aparcamiento, el chico se metió en una furgoneta destartalada. En su interior, el señor elegante de abrigo oscuro aún estaba extrayendo de sus numerosos bolsillos interiores un sinfín de artículos de todo tipo, a cuál más caro...

EL PRECIO DEL AMOR

Bajó del tren y vio que, a lo lejos, destacando su frondosa melena rubia rizada entre la multitud, ella le estaba esperando. Sin pensarlo dos veces soltó las maletas y, abriéndose paso entre el gentío, salió corriendo a su encuentro. Hacía más de tres meses que, por cuestiones de trabajo, estaba fuera de casa. Se fundieron en un abrazo y él, ajeno a todo lo que les rodeaba, la estrechó fuertemente girando con ella varias veces. El bullicio se convirtió en murmullo y los avisos de megafonía anunciando trenes de ida y vuelta, de costumbre estridentes y molestos, pasaron casi inadvertidos. Solo oían los latidos de sus corazones, acompasados, al unísono.

Y así estuvieron varios minutos, sin pronunciar una sola palabra, como flotando en una burbuja aislada en medio de la multitud. La gente, sonriente, los miraba casi con envidia.

Poco a poco, los viajeros y sus acompañantes fueron desapareciendo del vestíbulo de la estación de tren y las indicaciones de la megafonía dejaron de retumbar en la cúpula. Quedaron solos.

—Cariño —dijo ella de repente, con la mirada perdida en la lejanía— creo que vamos a tener que ir a la policía.

—¿A la policía? —exclamó él, alarmado— ¿Y eso por qué, mi amor?

—Tus maletas han desaparecido.

PUNTO DE VISTA

—Papá, ¿tú sabías que la Tierra es redonda?
—Claro, hijo, todo el mundo sabe que la Tierra es redonda.
—Ah, pues yo no lo sabía...
—¿Aún no te lo han enseñado en el cole?
—Pues no. ¿Y cómo es de redonda? ¿Como mi pelota de fútbol?
—¡No, hijo, no! Es redonda como una pizza.

CITA A CIEGAS

Era la primera vez que Ramón, que siempre mantuvo estar felizmente casado, iba a intentar iniciar una experiencia extramatrimonial. Más por vanidad, que por otra cosa. Aunque él se decía a sí mismo que lo hacía por curiosidad.

Todo empezó tres semanas atrás. "Chateando" en la red entabló conversación con una mujer, Ani, también casada, que, entre otras cosas, le contó que se aburría.

Hoy, por fin, iba a conocerla. Él era "Luis". Por precaución, se citaron a mediodía en una pequeña cafetería del extrarradio. Como nunca intercambiaron fotos, Luis, es decir Ramón, iría con un periódico en la mano y Ani con una revista. Solo esperaba que Ani no faltara a la cita.

Por extrema cautela, Ramón decidió ir a la cita sin periódico y, además, retrasándose unos minutos. Confiaba en poder localizar a Ani con su revista.

Al entrar en la cafetería, se llevó una sorpresa: en la primera mesa, delante de un café, hojeando una revista, estaba Elena, su mujer.

—¡Pero, que haces tú aquí! Preguntaron los dos a la vez.

—Acabo de salir de ver a un cliente—, dijo él, con gran aplomo—¿Y tú?

—Pues yo había quedado con Pili para ir al vivero, pero me acaba de llamar diciendo que no podía venir, ¿me acompañas tú, ya que estás?

—Sí, claro, por supuesto —dijo él, echando una mirada furtiva por la cafetería en la que solo había hombres almorzando.

EL DÍA DESPUÉS

Tras su desconcertante desencuentro con Ani en la cafetería, Luis, o sea, Ramón, no sabía cómo reaccionar. Sin embargo, tenía que tomar una decisión. Algo debía de hacer, pero no sabía qué.

Durante horas y horas le estuvo dando muchas vueltas a la cuestión. Si optaba por hacerse el loco y no reaccionar, y si Ani era Elena, quedaría patente ante esta de que Luis era él, cosa que tenía que evitar a toda costa. No obstante, la idea de que Ani fuese Elena, también le preocupaba mucho.

Al final, optó por enviarle a Ani el mensaje siguiente: "Ani, te pido mil disculpas por no haberme presentado ayer a nuestra cita. Por motivos laborales me fue imposible acudir y no te pude avisar. Lo siento mucho. Luis." Así, si Elena era Ani, al menos él quedaba fuera de juego.

De inmediato, recibió respuesta: "No te preocupes, Luis, yo tampoco pude ir porque se me complicó la mañana. Ani."

Ramón respiró aliviado: Elena no era Ani. O... ¿sí podría serlo?

DESOLACIÓN

Hacía ya varios días que estaba apresada entre las púas aceradas de la valla de alambre de espino.

El sol, implacable por esas latitudes, se ensañaba con ella hasta achicharrarla, y el viento, ese mismo viento que la trajo de no se sabe dónde, la zarandeaba y la sacudía, jugando con ella como si fuese un pelele. Pero su piel, aunque blanca y fina, resistía los embates.

A su alrededor se elevaban gemidos espeluznantes que desgarraban la negritud de la noche y se alzaban al cielo como implorando una tregua. Y es que, a lo largo de los muchos kilómetros de la valla que bordeaba la autopista, en la más aislada soledad colectiva, varios miles de otras bolsas de plástico seguían, como ella, atrapadas entre las púas desde hacía años, sin que nadie las liberara.

LECTORA VORAZ

A Jorge y Lidia les sorprendió la extrema atención con que la delicada y frágil ancianita que estaba sentada frente a ellos leía el libro que tenía entre las manos. De vez en cuando, una sonrisa ambigua le iluminaba la cara. Tal era su concentración que ni los frenazos del autobús ni las bruscas aceleraciones o los vaivenes de las curvas le hacían apartar los ojos de la página. El libro estaba forrado con papel de periódico, a la vieja usanza de quienes protegían de forma responsable ese bien que no les pertenecía: el libro prestado.

En voz baja, Lidia le dijo al oído a Jorge:

—"Lo que el viento se llevó". Divertido, Jorge sonrió.

A los pocos segundos, Jorge le dijo a Lidia al oído:

—"Guerra y Paz".

Seguidamente, Lidia aventuró:

—"La Catedral del Mar".

Jorge:

—"Cien años de soledad".

Lidia:

—"La sombra del viento".

En eso que el autobús pegó un frenazo más brusco que de costumbre y los dos amigos se vieron con la ancianita y el libro entre los brazos. Tras las disculpas y los intercambios de cortesía de rigor, todo el mundo volvió a su sitio, pero no sin que antes, Lidia, a quién le tocó el libro, le echara un ávido vistazo al título. Jorge, impaciente, reclamó información:

—Bueno, ¿qué?

Lidia, como sacudida todavía por el frenazo, le dijo muy bajito al oído:

—"Sexus", de Miller.

Los dos estudiantes de literatura se miraron sorprendidos y, en silencio, discretamente, casi estallaron a reír.

EL QUE NO SE CONSUELA...

A sus sesenta y dos años, Pedro aún viajaba mucho a causa de su tedioso trabajo de representante de comercio.

A la hora de la comida, para mejor soportar su soledad, se inventó algunos juegos mentales en los restaurantes de carretera en los que paraba cada día. Uno de esos juegos era contar los comensales y definir cuántos, en su opinión, parecían mayores que él. En general, la proporción siempre era muy baja. En la mayoría de los casos era incluso indiscutible que él era el mayor. Ansioso por romper unas estadísticas que le incomodaban, el juego se tornó en obsesivo.

Hasta el día que, en el restaurante de un área de servicio, se encontró en medio de un grupo de jubilados del Imserso. Desde ese día ya solo se paraba en los restaurantes en cuyo aparcamiento había al menos un autobús. El día que no encontraba ningún restaurante con autobús, se quedaba sin comer.

EL COLMO DEL NEGACIONISTA

—Papá, hoy le expliqué a la seño eso que me dijiste de que la Tierra es redonda como una pizza. Me preguntó si nosotros éramos "negacionistas" y yo no supe qué decirle.
—Pues no, hijo, nosotros no somos negacionistas.
—Pero ¿qué es eso del "negacionismo"?
—El negacionismo no existe, hijo mío, es un invento, un engaño, un bulo, una falsedad.
—¡Ah!

LA MUJER DE AZUL

Hacía ya varios días que la veía plantada en el mismo cruce de carreteras, casi siempre vestida de azul, ofreciendo sus servicios. Ese día, decidió detener su coche junto a ella. Solícita, la chica se le acercó de inmediato y se reclinó luciendo una sonrisa encantadora. No tendría más de 25 años.

—Hola, guapo. ¿Qué será? —preguntó ella.

—No, no es lo que piensas —contestó él, sonriendo.

—Ah, entonces querrás charlar, ¿verdad?

—Tampoco. Solo quiero que escuches una canción, si es que te apeteciera, claro —propuso él.

—¿Una canción? Bueno, por qué no, hoy la faena no me mata y la música me encanta.

—Solo será un par de minutos —anunció él mientras bajaba del coche y le abría la puerta.

Una vez en el interior, el hombre puso el lector de CD en marcha y entonces resonaron las notas de "Missing You", de John Waite. La chica, con los ojos entornados, se dejó mecer por la canción. Pese a que el inglés no era su idioma, entendía perfectamente la letra de la canción que, de todas formas, ya conocía. Él, de vez en cuando, con una sonrisa imprecisa, la miraba por el rabillo del ojo.

La canción acabó y, durante un par de segundos, ella permaneció con los ojos cerrados. Él bajó del coche y le abrió la puerta mientras le ofrecía una caja de bombones y una flor. Una lágrima corría por la mejilla de la chica que, con voz suave, dijo:

—Muchas gracias, me has alegrado el día con esa bonita canción.

Conforme se marchaba, el hombre, algo entristecido, pensó que a la chica probablemente no le interesaría saber que hacía muy poco supo que su propia hija, de su misma edad y a la que no veía desde hacía años, también se dedicaba a la prostitución en algún lugar de Europa.

FINAL DE MES

Este mes, una vez más, ando fatal. Además, tendría que pasar la ITV del coche para poder venderlo. Sin contar que me toca pagar el alquiler de la habitación y que he de girarle a Susana la pensión por el Gustavo. Y hasta dentro de cinco días no me ingresarán el paro. Los 955 euros no me durarán ni un día, como siempre. Nadie me ha contestado a los cerca de 300 currículos que he enviado. Las ETT tampoco me dicen nada. ¡Qué asco!

—Enjuáguese.

Bueno, sí, está esa ETT que me ha ofrecido nueve días de vigilante en un supermercado de 6 a 9 de la mañana por 189 euros para nueve días y van, encima, y me dicen que se ha aplazado todo y que ya me llamarían.

—Enjuáguese.

Me tendría que comprar algo de ropa. Si me llaman para una entrevista no podré llevar la ropa que tengo. Está anticuada y desgastada. Cuando cobre me daré una vuelta por el mercadillo a ver qué veo. Al menos estará nueva.

—Enjuáguese.

De vendedor de más de 30 viviendas al año, al paro puro y duro. Ya no puedo ni ponerle gasolina al coche. Ahí está en la calle, pudriéndose de polvo y de arañazos. ¡Qué asquito!

—Enjuáguese.

Y a este hombre..., ¿cómo le digo yo ahora a este hombre que no le puedo pagar los 50 euros por la muela que me acaba de arrancar y que me estaba matando? Creo que voy a gritar.

—¡Listo! Enjuáguese y escupa.

A LAS DIEZ, EN CASA

Marisa estaba muy nerviosa: por primera vez en mucho tiempo, tenía una cita. Sus amigas, tan excitadas como ella, no pararon de darle consejos mientras se acicalaba frente al espejo:

—Y ya sabes, no dejes que te tome de la mano demasiado pronto —le dijo Ana con voz temblorosa, embargada por la emoción.

—Y nada de sentaros en una terraza al aire libre, que luego a la gente le da por hablar —avisó Feli.

—Y que no se te ocurra pedir cerveza, toma horchata —le advirtió Pilar.

—¡Y deja ya de pintarte, chica! ¡Que tampoco te hace tanta falta! —le dijo Toñi, refunfuñando.

—Esa blusa tiene demasiado escote y se transparenta, ¿no os parece? —opinó Luisa, con tono severo.

En vez de tranquilizarla, la profusión de recomendaciones la soliviantaba aún más. Pero sabía que ella hubiera actuado igual.

Hecha un flan, Marisa salió por la puerta. Pilar, con una risita de quinceañera, le recordó:

—Y no te olvides de preguntarle si tiene amigos, ¡que somos muchas y libres como el viento! ¡Jijiji!

Ya estaba en la parada de autobús que se encontraba justo enfrente de la residencia cuando Feli le gritó:

—¡Y no vuelvas tarde, Marisa! ¡Recuerda que a las diez cierran la puerta de la residencia!

Desde el balcón de "El descanso de las abuelitas", las cinco amigas esperaron a que llegara el autobús de Marisa.

QUIÉN SABE DÓNDE

—Bruno, ¿acaso sabes el susto que me has dado? ¡Quién sabe por dónde anduviste en toda la mañana! ¡Te busqué por todo el barrio sin encontrarte! ¡Ya no sabía a quién llamar o a quién acudir! Estuve a punto de llamar a la policía. ¿Te das cuenta de que te podía haber atropellado un coche? O peor aún: ¿Te imaginas si alguien te hubiese secuestrado? ¿Dónde hubiese tenido que ir a buscarte? ¿Qué habría sido de mí sin ti? ¿Qué te habría ocurrido por ahí fuera con la de gente mala que hay suelta? ¡Que no se te ocurra hacerme eso nunca más! ¿Me oyes? ¡Nunca más!

A María se le rompió la voz y acabó su reprimenda entre sollozos desconsolados.

Mientras, Bruno, sentado frente a ella, con las orejas tensas y los ojos atentos, moviendo su cola sin parar, no dejaba de mirar las manos de su ama esperando que de una vez por todas le diera una de esas galletitas con sabor a pollo que tanto le gustaban.

LOW COST DE IDA Y VUELTA

Oferta de fin de temporada: Barcelona-Milán por 18 euros ida y vuelta, tasas incluidas. Salida a las 7 de la mañana y regreso a las 9 de la noche del mismo día. Tiempo más que suficiente para hacer unas fotos y alguna compra, amén de disfrutar de un buen ossobuco de ternera en alguna trattoria.

Ya de regreso, solo había que dirigirse hacia la zona de recogida de equipajes de la terminal T1 donde, en alguna de sus 16 cintas, cualquier maleta desamparada, procedente quizá de mundos lejanos, solo esperaba a que alguien la recogiera.

Pero los agentes de aduana conocían todos los trucos utilizados por los rateros en los aeropuertos. Particularmente por los que sustraían equipajes.

En la salida de la zona de recogida, los tres agentes de aduana se dirigieron unánimes al joven viajero de cabeza gacha cuyas pintas les parecieron desentonar con el flamante maletín del que tiraba tímidamente:

—Buenas tardes caballero, ¿le importaría seguirnos, por favor? Querríamos comprobar el contenido de su maleta, por simple rutina —le pidió, exquisito, uno de los agentes, cortándole el paso mientras los otros dos lo flanqueaban, entorpeciendo incluso la maniobra de otro pasajero que llegaba justo detrás empujando con elegancia y distinción, un carrito cargado con tres enormes maletas, una marrón y dos azules.

—Eh..., sí, cómo no, señor. Solo espero poder abrir la cerradura sin problemas, siempre me falla... —contestó el joven, aparentemente nervioso.

Ante esas palabras, los tres agentes se miraron de soslayo y redoblaron su atención.

—¿Qué lleva usted en su maleta? —preguntó uno de los agentes.

—Pues..., mi ropa, y un fular de Milán para mi madre —contestó el viajero mientras lidiaba con la cerradura numérica.

—¿Qué ropa lleva exactamente, caballero? —preguntó el tercer agente. ¿Podría usted describirla de manera precisa antes de abrir la maleta, si es tan amable?

—A ver si me acuerdo. Un par de vaqueros, una cazadora azul, un polo de color marrón y otro negro, dos pares de calzoncillos, tres pares de calcetines negros, un par de zapatillas Puma del 43 y un neceser —contestó el joven casi de carrerilla ante el asombro de los agentes, justo en el momento en que, por fin, después de mucho batallar, consiguió abrir su reluciente maletín.

Recelosos, los agentes hicieron rápidamente el inventario del contenido y comprobaron que, en efecto, correspondía exactamente a lo descrito por el joven pasajero.

—Muchas gracias caballero, puede usted continuar su camino —le indicó el primer agente sin perder su proverbial corrección de funcionario público, aunque con un leve resquemor.

Unos minutos después, en el aparcamiento del aeropuerto, el joven se introdujo en una furgoneta algo destartalada a cuyo volante sonreía un señor maduro y elegante. En la parte trasera de la furgoneta, tres enormes y espléndidas maletas, una marrón y dos azules, esperaban abrirse a la luz después de haber recorrido quién sabe cuántos miles de kilómetros...

CAMBIO DE DIRECCIÓN

De un tiempo a esa parte, cada vez que veía venir un camión de frente por esas carreteras que recorría de pueblo en pueblo para vender sus artículos de ferretería, a Pedro, viajante de comercio, le asaltaba la terrible idea de cruzarse ante él. Sin embargo, nunca tuvo ideas suicidas ni motivos para ello. Era una idea fija, obsesiva, irrefrenable, que llegaba a aterrarle. A veces, incluso, hasta tenía que aferrarse al volante para no sucumbir a ella.

—Agente, no sé cómo ha podido ocurrir... Iba yo tranquilamente por mi carril, y, de pronto, ese pobre hombre cruzó su coche delante de mi camión sin que yo pudiera evitarlo.

REDENCIÓN

—¡Jajaja! ¡Si será tonto! Acaba de meter la mano debajo del cortacésped en marcha. ¡Se la debe de haber triturado!
—¿De quién hablas, Andrés?
—Del vecino nuevo, ya sabes, el "pupas".
—¡Pobre hombre! ¿Estará herido?
—¡Quita, quita! Hay gente que parece que se las busca. El otro día se electrocutó y ayer se dio un martillazo en un dedo, hoy casi pierde una mano. ¡El infeliz no da una!
—¡Parece que disfrutas con la desgracia ajena!
—¡Jaja! Tú siempre tan buena samaritana, Silvia. Si es que no se puede ser más tonto. ¡Pobre desgraciado! Bueno, me tengo que ir, no vaya a ser que pierda el avión. Ya me contarás si se lo lleva la ambulancia, ¡Jajaja! Nos vemos pasado mañana, querida.
—¡Adiós, bondadoso! Y saluda a tu secretaria de mi parte...

—Enrique, ¿me puedes decir a qué estás jugando?
—¡Jajaja! ¿Hoy también se lo ha tragado?
—¡Si hasta casi yo me lo creo!
—¡Qué ingenuo!
—¿Así que no te has hecho daño?
—¡Pues claro que no! Ya sabes que lo hago para redimirme frente a mí mismo.
—Un día vas a acabar haciéndote daño de verdad, ya verás.
—Tranquila, cariño, todo está bajo control. ¿Nos vemos luego?
—Pues claro.

ESPEJITO, ESPEJITO

Desde su adolescencia, Margarita estaba obsesionaba ante la idea de envejecer. No quería ver en su rostro los estragos que el paso de los años le produjo a su abuela y, más tarde, a su madre.

Cuando cumplió treinta años, decidió no mirarse nunca más en el espejo y, durante décadas, consiguió evitar ver su imagen.

Hasta que un día, a punto de cumplir los 79, se descuidó y se vio en los espejos de un ascensor.

Nunca nadie entendió cómo y por qué esa pobre anciana que gozaba de buena salud sufrió un paro cardíaco en ese ascensor...

CAMBIO DE ÉPOCA

Fernando, que siempre fue muy aprensivo, estaba aterrado por la pandemia del COVID. Le espantaba la idea de atrapar el virus y morir.

Haciendo un gran esfuerzo, salió de casa para comprar la máquina del tiempo con garantía de proyección a unos 100 años atrás, aunque de destino aleatorio, que vendían en unos grandes almacenes suecos.

La montó en un periquete.

El riesgo era grande, pero lo asumía. Al fin y al cabo, no tenía ninguna atadura afectiva. Cualquier lugar en el pasado sería más saludable que este. No podía ser peor.

Le dio al *enter* y, de inmediato, recaló en un pueblo del sur de Francia. Las calles estaban desiertas pese a que era media mañana. En la puerta de un kiosco de prensa, vio expuesto un ejemplar de Le Figaro. Miró la fecha: 18 de febrero de 1919. El titular de la primera plana le trastornó: "La gripe española sigue haciendo estragos en la población francesa". Se quiso morir.

CRUCE DE ONDAS

De regreso del trabajo, Olga se acomodó en su asiento del tren de cercanías. Entornó los ojos para entregarse a su ejercicio diario preferido: escuchar lo que los viajeros decían por teléfono. Ese día tuvo suerte:

—Pues sí, el niño no me come nada.
—¡Eso lo arreglaba yo con un par de sopapos!
—No, si ya lo intenté, pero ni así.
—Tú hazme caso: esos, ¡solo entienden la mano dura!
—Y, además, me tose un poco.
—¡Si no te atreves tú, me planto allí y verás cómo a mí no me tose!
—¿Lo harías? No sabes cómo te lo agradecería.
—¡Solo tienes que decirme cuándo!
—¿Qué tal mañana sábado a mediodía?
—¡Allí estaré!
—No olvides traerte el estetoscopio. La comida la pongo yo.
—¡Ya verás cómo el imbécil de tu jefe dejará de molestarte!

A veces, la mezcla de conversaciones telefónicas contiguas puede dar pie a escenas perversas...

¡TIERRA, TIERRA!

—¡Papá, mamá! ¿Os habéis enterado de la noticia?
— ¡Sí, hija, sí! ¡La están dando en todas las cadenas y emisoras! ¡Es algo extraordinario!
—¡Yo estoy super emocionada! ¡Mira que descubrir un planeta con una especie inteligente y civilizada!
—Sí, y, además, muy avanzada, tanto como la nuestra o quizá más, aún no se sabe exactamente.
—¡Estoy deseando saber cómo son y cómo viven! Espero que sea una civilización pacífica, equitativa y respetuosa, sin enfrentamientos ni injusticias, sin dinero, sin ricos ni pobres, en la que impere el amor y la solidaridad. Una civilización que cuide de su medio ambiente y de su ecología. ¿Se sabe algo más de ese planeta?
—Pues no, por ahora no se sabe más. Solo se sabe que sus habitantes lo llaman con el bonito nombre de Tierra.

WHATSAPP

—Kari te a gustado la cna?
—Staba todo buenisssimo mi amor
—Gracias
— Me voy a dormir. Stoy superknsado
—Yo tmbn
—X cierto me encanta tu nuevo pijama
—Graciasssss
—1 beso, asta mañana
—Asta mañana kari

Apagaron sus respectivos teléfonos, se sonrieron tiernamente, se dieron la espalda y se echaron a dormir.

Tras presentarse a la recepcionista, esperó unos instantes en la antesala hasta que le indicaran la mesa que había reservado unos días antes para las 9:30.

El mismísimo director del restaurante le recibió con una gran sonrisa y le condujo a la mesa 12.

—¿Le dejo el paquetito en la recepción, señor Torrealta? —propuso el director, al tiempo que señalaba con la mano el pequeño paquete regalo con lazo rojo que el cliente acababa de dejar sobre la mesa.

—No gracias, no se preocupe. No querría olvidármelo.

—Como desee. Enseguida viene el maître a presentarle las especialidades de nuestra renombrada *Cena de Navidad*.

El señor Torrealta aceptó algunas de las sugerencias que le propuso el maître.

A los pocos instantes, ya saboreaba un exquisito paté de foie con puré de manzana y reducción de mosto, acompañado por un magnífico *Laurent-Perrier Brut*.

Al paté le siguió un delicioso *carpaccio* de ternera con vinagreta de pera al azafrán.

De segundo, aceptó el espléndido bogavante al horno con *sal esferificada cítrica milenia*, que, a sugerencia del *sumiller*, acompañó con un exquisito caldo Sorte O Soro.

Parsimonioso, el señor Torrealta saboreó lentamente su cena, deleitándose con cada bocado y con cada trago.

A eso de las once, cuando estaba en la mitad del postre —natillas a la menta—, el director se le acercó y, en voz baja, casi confidencialmente, le preguntó:

—Señor Torrealta, ¿es suyo un Mercedes azul oscuro que aparentemente no está demasiado bien aparcado en nuestra calle?

—Ah, sí, en efecto. No pensé que molestaría.

—Bueno, no se preocupe. Siga cenando tranquilamente, nosotros se lo retiramos. Al parecer, un joven, está algo alterado porque no consigue sacar su coche...
—Muchas gracias, pero es que solo se puede arrancar con la huella de mi dedo. Ya me encargo. Mientras tanto, vigile mi regalo, por favor. Por nada del mundo podría extraviarlo.
—Vaya sin cuidado, y sepa que un poco más adelante está nuestro aparcamiento, gratis para nuestros clientes.

Al cabo de un rato, el maître le preguntó al director del restaurante por el cliente de la mesa 12.
—¿Cómo? ¿No ha vuelto?
—No, pero se ha dejado medio postre y el regalo en la mesa.
—¡Déjame ver! —exclamó el director con cierto recelo. Precipitadamente, abrió el paquete, y descubrió en su interior una tarjetita en la que se podía leer: "¡Feliz Navidad!".
—¡Maldita sea! ¡¡Mierda, mierda, mierda!! —gritaba el director al tiempo que, completamente fuera de sí, pisoteaba la caja regalo ante la mirada atónita de los distinguidos comensales que llenaban la sala. El maître y un camarero tuvieron que llevárselo en volandas a la cocina...

LA ESPERA

A esas horas de la mañana, la cafetería estaba abarrotada. Las mismas parejas de siempre tomando su café con churros, y los mismos grupos de mujeres charlando y riendo animadamente.

Tras echar una ojeada por las mesas ocupadas, el señor Juan se sentó en un taburete frente a la estrepitosa máquina de café y, como todos los días, pidió un café con leche y una magdalena. Con una tímida sonrisa le preguntó al camarero:

—Antonio, ¿ha llegado ya mi mujer del mercado?

—No, señor Juan, no la he visto por aquí.

Lentamente, el señor Juan mojaba la magdalena en el café mientras miraba ansiosamente hacia la puerta cada vez que se abría.

Al cabo de un buen rato pagó y se marchó, no sin antes mirar una vez más a su alrededor.

Antonio, el camarero, le siguió con la mirada. Hacía seis meses que el señor Juan le hacía la misma pregunta todas las mañanas. El anciano no se había resignado a la idea de que su mujer ya no volvería nunca más.

NO SOLO DE PAN VIVE EL HOMBRE

—Joven, ¿a cuánto cuestan?

—Son gratis, señora.

—¿Gratis? ¿Y me podrías dar uno ahora?

—¡Pues claro que sí!

—Es que lo necesito mucho, ¿sabes?

—No se preocupe, que para eso estoy aquí.

El muchacho se acercó a la ancianita y la arropó cálidamente entre sus brazos. A la mujer se le saltaron las lágrimas: hacía muchos años que nadie le daba un abrazo...

PROTAGONISTAS

Durante meses, la obsequiaron y atendieron como nunca nadie lo hizo. Era el centro de todos los cuidados y mimos. Jamás le habían mostrado tanto interés y cariño durante tanto tiempo. Todo el mundo estaba pendiente de sus más mínimos deseos y de cualquiera de sus molestias. Se sentía más querida, más arropada y halagada que nunca.

Hasta el día en que llegó él. Entonces, de repente, todo se acabó: el recién llegado acaparó de inmediato todas las atenciones y ella dejó de ser la protagonista.

Pero no le importó: por el bebé que acababa de tener, lo daba todo.

OTEL LIFOR

La jornada de Isidoro fue larga e improductiva: después de visitar un buen número de pueblos, en todo el día no consiguió colocar ni una de sus aspiradoras. ¡Deprimente!

Al atardecer, cayó una espesa niebla. Apenas si se veían las líneas de la carretera. Tenía que parar. Para colmo, empezó a llover. Ya de noche, en medio de aquel desierto, con alivio divisó a lo lejos unas luces de neón de color rojo. Al ir acercándose pudo leer "otel lifor", pero, cuando ya estuvo bajo el rótulo, vio que faltaban algunas letras y que, en realidad, se trataba del "Motel California". Sin bajarse del auto, Isidoro, que por prudente llegaba a ser algo timorato, inspeccionó los alrededores del motel en busca de más vehículos. Solo vio una vieja camioneta Dodge delante de un lúgubre cobertizo.
—Al menos, estoy seguro de que habrá habitaciones libres. —Se dijo, con ironía, para animarse.
En lo alto de lo que algún día fue un molino de viento, unas herrumbrosas y plañideras aspas metálicas giraban a duras penas. El viento había arreciado y una lluvia intensa relevó a la niebla.
Ya en lo que parecía la puerta principal del motel, justo debajo del mutilado y chisporroteante rótulo, Isidoro llamó al timbre. Nadie salió a abrir. Al cabo de unos instantes, empapado y nervioso, empujó fuertemente la puerta que, aunque atascada, no estaba atrancada. El diminuto vestíbulo estaba semi alumbrado por un dubitativo tubo de neón. Un ligero estremecimiento le recorrió la espalda. Detrás del mostrador descubrió a un señor que roncaba con la cabeza apoyada sobre sus brazos.
—¡Hola, buenas noches! —saludó Isidoro en voz alta y temblorosa. Con un gruñido, el encargado, o lo que fuese, se incorporó sobresaltado, mostrando su rostro sin afeitar desde hacía varios días.

—¿Tiene habitación? —Isidoro se dio cuenta de que, dadas las circunstancias, su pregunta, por obvia, podía parecer una broma de mal gusto. Quizá por ello el portero le dirigió una mirada algo airada.

—La siete, saliendo a la derecha. Son veinte euros. Por adelantado—. Contestó el conserje, al tiempo que le tendía un taco de madera negra pegajosa del que pendía un cordel con una llave.

Ya en la habitación, fría y mal iluminada, Isidoro no se atrevió a destapar la cama. Se cambiaría de ropa y se acostaría vestido. El viento ululaba por las rendijas de la ventana y, a lo lejos, se oía el chirrido agudo de las aspas del molino.

Sin ninguna convicción, abrió la llave del agua caliente de la ducha. De repente, las tuberías empezaron a vibrar y a producir un tableteo ensordecedor e inquietante. —Acumulación de aire por falta de uso... —Pensó, instintivamente. El agua, parduzca a causa de la oxidación de las canalizaciones, salía a borbotones y fría, pero, para su sorpresa, al cabo de unos minutos, empezó a salir caliente y clara, aunque sin dejar de temblar. El repiqueteo de las tuberías era incesante. Parecía que el motel entero se iba a desmontar. —Menos mal que soy el único cliente.— Pensó, cuando, de repente, en la pared se oyeron unos fuertes golpes. Sobrecogido, Isidoro cerró rápidamente el grifo. Finalmente, con cierto recelo, volvió a abrirlo lentamente y, decidido, se metió bajo la ducha caliente en medio del fragor del doble concierto de percusión. Se duchó rápidamente y, al cerrar la ducha, volvió el silencio en las tuberías y en la pared. Limpió el vaho del espejo y entonces, sobre este, descubrió la huella de una frase que alguien, algún día, escribió con el dedo. Al leerla, a Isidoro se le heló la sangre:

"No mires debajo de la cama y sal de aquí ya mismo!"

El mensaje era convincente: sin pensárselo dos veces, Isidoro se vistió como pudo y, al amparo de su coche, huyó despavorido del Motel California.

PACIENTES IMPACIENTES

En la sala de espera había cada vez más gente. Impacientes, los pacientes empezaban a agitarse y a murmurar. Quien fuese quien estuviese en la consulta llevaba muchísimo más de los diez minutos habituales. Al cabo de un rato largo, el médico abrió la puerta. Todas las miradas, hoscas, se clavaron en la puerta. Una pareja de ancianos salió lentamente.

Cogidos de la mano y arrastrando sus cortos pasos, los ancianos avanzaron hasta el centro de la sala donde, ajenos a todos y a todo, se fundieron en un largo y silencioso abrazo mientras un par de lágrimas se deslizaban por sus mejillas.

Los asistentes enmudecieron, embargados por una mezcla de tristeza y de culpa.

MALESTAR

Parecía que ese día se había levantado con el pie cambiado.

Salió de casa precipitadamente, sin desayunar: llegaba tarde al trabajo del que ya pronto iba a jubilarse. Le dolía las encías, cosa que hacía tiempo que no le ocurría. Se prometió a sí mismo que nunca más trasnocharía.

En el metro, estuvo muy incómodo durante todo el trayecto. Hasta pensó en ir a urgencias. Ya en la oficina, se preparó un café y, en el momento de tomar el primer sorbo, se dio cuenta de que en su salida precipitada de casa se había puesto la dentadura de arriba, abajo, y la de abajo, arriba...

MENÚ GASTRONÓMICO DE FIN DE AÑO

Atento, el Maître observaba cómo esos dos clientes, acaso padre e hijo, disfrutaban del reputado *Menú Gastronómico de Fin de Año* de su restaurante con una estrella Michelin. La calidad y la variedad del menú especial no eran para menos: de aperitivo tomaron un Rollito de Salmón Marinado y Piña, Foie-gras Fresco en Tosta y cuatro Ostras Vivas de "Arcade" al Dom Perignon; de primero una Langosta a la Cardinal, con Nido de Taglioni de Pasta Fresca, con un Marqués de Vizhoja Gallego y, de segundo, una Pularda de "Bresse", asada y deshuesada, con Relleno de Castañas, acompañada de un Rioja Vega Gran Reserva del 2001. ¡Mucho tiempo debería de pasar antes de que él, con su sueldo de maître, pudiese permitirse una comida de esa categoría! —pensaba, mientras observaba la sala con sus veinte mesas ocupadas por comensales selectos y exigentes.

Ya en los postres —Pastel de Trufas y Mousse de Maracuyá con Frutos Rojos— el mayor de los dos comensales lo llamó discretamente.

—¿Señor? —acudió el Maître, raudo y solícito.

—Por favor, me podría decir qué es esto —preguntó el cliente, en voz baja y mascullando las palabras, mostrando con la punta de la cucharita su Pastel de Trufas.

El Maître, intrigado, se fijó en el plato.

—No puede ser, no puede ser —repitió en voz baja una y otra vez el Maître: en la muesca de la trufa de chocolate, una cucaracha negra asomaba su cabecita.

La inmediata intención del Maître fue la de llevarse el plato, pero el cliente, tranquilo, aunque resuelto, se lo impidió:

—Ni hablar. Quiero que venga inmediatamente el Chef o el director —inquirió en voz baja y entre dientes, con una determinación aplastante.

El joven que le acompañaba, visiblemente indispuesto, tuvo un conato de arcada. El Maître se dirigió precipitadamente a la cocina y tardó un par de minutos en volver:

—Señores, les presentamos nuestras más sinceras disculpas y, en compensación por esta desagradable circunstancia y como atención a su apreciada discreción, les rogamos se consideren nuestros invitados.

—Nuestros abrigos, por favor —pidió el cliente.

Cariacontecidos y silenciosos, los dos hombres desaparecieron por la puerta del restaurante.

En la cocina, ya con el postre en la mano, el Chef le lanzó de repente un grito al Maître:

—¡Pero no ves que es una cucaracha de plástico! ¡Esos son los famosos timadores de restaurantes! ¡Los muy cabrones nos la han pegado a nosotros también!

COMPRA DE NAVIDAD

A la anciana señora Isabel le encantaba la sección de alimentación del hipermercado vecino. Durante toda su vida había hecho sus compras en el colmado ya desaparecido del barrio. Pero ahora, en este supermercado nuevo, lo tenía todo al alcance de la mano y podía elegir lo que quisiera. Solía ir casi todas las mañanas. Como siempre, elegía con gran esmero los productos: leía sus contenidos y comparaba unas marcas con otras hasta que se decidía por alguna, fijándose bien en el precio y en el contenido en sal.

Así, ese viernes anterior a Navidad, con más ilusión que nunca, fue llenando el carrito hasta los topes: conservas de todo tipo, embutidos envasados, carnes empaquetadas, yogures, etc., etc., sin olvidar, por ser días tan señalados, algunos turrones, una caja de polvorones, salmón ahumado, una tarrina de caviar y hasta una botella de buen vino espumoso... —Total, ¡un día es un día! —se dijo.

En esa víspera de Navidad, Isabel era la mujer más feliz del mundo empujando su carrito por los pasillos del súper, cruzándose con otras clientas, madres de familia en su mayoría, que también llevaban sus carritos a reventar.

Al final de su recorrido, a eso de mediodía, se presentó en la caja nº 16 en la que, como casi siempre, estaba Rocío. Después de esperar pacientemente su turno, se saludó con ella.

—¿Qué lleva hoy, señora Isabel? Ah, estos espaguetis con esa salsa salen riquísimos. A mí me encantan. Será 8 euros con 10 céntimos. ¿Nos ha dejado el carro donde siempre?

—Donde siempre, hija, al lado de la entrada del almacén de comestibles.

—Muy bien. ¿Algún congelado?

—No hija, ya sabes que nunca.

—Estupendo. Que tenga un buen día, y ¡feliz Navidad!

—Feliz Navidad, hija, y muchas gracias por todo.

EL BESO

Se conocieron en el curso que acababa de empezar. Apenas si eran unos preadolescentes. Pasearon de la mano. Hablaban poco. En el parque, se sentaron en un banco y, al cabo de unos minutos, se besaron. No fue un beso demasiado largo ni demasiado apasionado. A esa edad, probablemente no se es muy exigente.

Al ratito, ella, quizá más atrevida que él, dijo:
—La próxima vez, cuando nos conozcamos un poquito más, nos besaremos sin la mascarilla, ¿guay?
—¡Guay! -contestó él.

EL HOMBRE INVISIBLE

Hacía tan solo un par de días que Don Inocencio descubrió, no sin cierta desazón, pero con oculta satisfacción, que tenía poderes: de manera incontrolada, a ratos, se volvía invisible e inaudible. Posiblemente ya era invisible desde hacía algún tiempo, pero no se había dado cuenta antes.

Lo que a él de verdad le hubiese gustado, ya puestos, era flotar en el aire. No como Superman, no, solo desplazarse por el aire estando de pie. Era su sueño de toda la vida. Lo de ser invisible, aunque le parecía fascinante, le preocupaba un poco. A veces, incluso le asustaba: el día anterior estuvo a punto de ser atropellado por un taxista que seguramente no lo vio cuando cruzaba por un paso de peatones.

Esa mañana, camino de la panadería, se cruzó con un grupo de alborotados escolares. Se dijo que, aunque arriesgada, era una buena ocasión para poner a prueba sus poderes. Algo temeroso, se quedó inmóvil en medio de la acera. Como previsto, el grupo de niños lo engulló sin ni siquiera darse cuenta de su presencia. Uno de los chicos incluso escupió al suelo y el salivazo se estrelló sobre su zapato. Otro, que tampoco le vio, le golpeó con su pesada mochila haciendo que se tambaleara. Sin lugar a duda, era su momento incorpóreo.

Un poco más adelante, dos mujeres jóvenes salieron de la panadería charlando animadamente. Entonces, Don Inocencio, enardecido por su invisibilidad, hizo lo que nunca se le hubiese ocurrido hacer en modo visible: al paso de las dos jóvenes, les lanzó un sonoro —¡Guapas!— Una de ellas, mirándolo fijamente a los ojos, le soltó: —¡Viejo verde!— Y las dos jóvenes siguieron su camino entre risas. Sorprendido, avergonzado y humillado, Don Inocencio prosiguió hasta la panadería con la cabeza gacha. Tuvo que aceptar que no era invulnerable y que su invisibilidad era aleatoria, imprevisible, como de ida y vuelta.

La panadería estaba de bote en bote. Don Inocencio pidió la vez. Nadie le contestó. Ninguna de la decena de clientas presentes lo vio o lo oyó. Volvió a preguntar, esta vez con más contundencia:

—¡¡¿La última, por favor?!!

Nada, nadie reaccionó. Y así, hasta dos veces más. No había duda: en esos momentos estaba de nuevo en modo invisible e inaudible y no tuvo más remedio que resignarse a esperar volver a su estado normal.

En eso que entró una señora. Hizo la pregunta de rigor:

—¿La última?

—¡Yo! – Contestó de inmediato una señora bajita muy embarazada y pizpireta.

—¡Perdone, pero yo estoy antes! —se le escapó a Don Inocencio, olvidando su invisibilidad.

—Ah, usted perdone, señor. No le había visto. Cuando se llega a una cola hay que pedir la vez, ¿sabe? —le soltó la embarazada, toda didáctica ella.

—Ya, usted perdone, señora, es que no me di cuenta —dijo a modo de excusa para no tener que revelar públicamente su nueva condición de superhéroe venido a menos.

La verdad es que esos poderes, tan efímeros e incontrolables, ya empezaban a irritarle. Era como no ser dueño de sí mismo, como estar un poco muerto unas veces y otras no, y, a su edad, eso le daba muy mala espina. En dos días ya se cansó de ser invisible.

Al llegar a casa, le preguntó a su mujer:

—Angustias, ¿de verdad que me ves?

—¡Pero, todavía sigues con esas! ¡Ya quisiera yo dejar de verte de vez en cuando, viejo pesado! ¡Habrase visto las cosas que con la vejez se le meten a este hombre en la cabeza!

Por más que Don Inocencio lo deseaba, no había forma de invertir sus poderes haciéndose invisible en casa y seguir siendo visible fuera de ella...